Copyright do texto © 2013 Otávio Júnior
Copyright das ilustrações © 2013 Angelo Abu

Todos os direitos reservados pela Editora Yellowfante. Nenhuma parte desta publicação poderá ser reproduzida, seja por meios mecânicos, eletrônicos, seja via cópia xerográfica, sem a autorização prévia da Editora.

EDIÇÃO GERAL
Sonia Junqueira

PROJETO GRÁFICO E DIAGRAMAÇÃO
Christiane Costa
Diogo Droschi

REVISÃO
Carolina Lins
Lúcia Assumpção

Dados Internacionais de Catalogação na Publicação (CIP)
(Câmara Brasileira do Livro, SP, Brasil)

Júnior, Otávio
  O garoto da camisa vermelha / Otávio Júnior ; ilustrações Angelo Abu. – 2. ed.; 3. reimp. – Belo Horizonte : Yellowfante, 2023 (Coleção Lá do beco).

  ISBN 978-85-513-0687-1

  1. Literatura infantojuvenil I. Abu, Angelo. II. Título. III. Série.

19-30262   CDD-028.5

Índices para catálogo sistemático:
1. Literatura infantil 028.5
2. Literatura infantojuvenil 028.5
Iolanda Rodrigues Biode - Bibliotecária - CRB-8/10014

A **YELLOWFANTE** É UMA EDITORA DO **GRUPO AUTÊNTICA**

Belo Horizonte
Rua Carlos Turner, 420,
Silveira . 31140-520
Belo Horizonte . MG
Tel.: (55 31) 3465 4500

São Paulo
Av. Paulista, 2.073,
Horsa I Sala 309 . Bela Vista
01311-940 . São Paulo . SP
Tel.: (55 11) 3034-4468

www.editorayellowfante.com.br
SAC: atendimentoleitor@grupoautentica.com.br

O GAROTO DA CAMISA VERMELHA

OTÁVIO JÚNIOR

ILUSTRAÇÕES
ANGELO ABU

2ª EDIÇÃO
3ª REIMPRESSÃO

COLEÇÃO
Lá do beco

Yellowfante

Para os senhores Otto Engel e Karl Klokler, que acreditaram no *ler é 10* quando era um sonho de papel.

Para meus pais, Otávio e Joana, os pais do garoto da camisa vermelha...

Naquela noite, o céu estava avermelhado. A melodia do grilo foi substituída por uma velha canção, feita de tiros.

Milhares de meninos
 e meninas foram dormir
escutando essa canção.
Juninho preferia
 ouvir uma história:
queria mudar a sua história.

E o garoto sonhou, primeiro, acordado...

Quando despertou,
a manhã estava cinza.
O sol tinha sumido,
as pipas também.
Ou será que se esconderam?

Naquela estranha manhã, um garoto de camisa vermelha chamava a atenção de outras crianças. Seu olhar tinha um brilho especial, parecia uma bola de gude novinha em folha.

O garoto da camisa vermelha morava em uma casa amarela, bem no alto da favela. Caminhava por ruas imaginárias, pois a rua de verdade era feita de ilusão.

Naquela manhã cinzenta, vermelha e amarela, o menino caminhou nas nuvens. Logo, avistou uma porta.

A porta do lixão.
A porta da diversão.
A porta da esperança.
O campinho.
O garoto.
O caminho.

No meio do lixo,
encontrou uma caixa.
No meio da caixa,
encontrou seu mundo.

Chuva. Leitura.
Bolinho de chuva.
Bem de tardinha,
a favela foi tomada
por um grande arco-íris.
Já era noite, e o menino
nem se deu conta:
estava em outro planeta.

O garoto da camisa
vermelha dormiu — desta vez,
ouvindo uma nova melodia.

O autor

Nasci e moro na zona Norte do Rio de Janeiro. Adoro o ambiente comunitário e decidi escrever sobre a infância nas zonas populares. Escrevo desde 2007, quando iniciei minhas pesquisas de promoção de leitura no projeto **Ler é 10 – Leia Favela**. Costumo dizer que esse projeto serve como um laboratório de experimentação. Adoro ler e criar brincadeiras para ler. otaviocjunior@uol.com.br

O ilustrador

Nasci em Belo Horizonte e moro na minha mochila, cada hora em um lugar. No momento, em Sarajevo, capital da Bósnia e Herzegovina. Essa cidade, como o Morro do Alemão, traz suas marcas de guerra nos buracos das paredes. Guerra de um passado que, com muito custo, conseguiram deixar para trás.

Comecei a ilustrar em 1995 e não parei mais, já tendo ilustrado, até hoje, inúmeros livros de importantes autores da literatura infantil brasileira.

Foi uma vivência incrível participar desse "laboratório" do Otávio Júnior, experimentando técnicas e estilos daqui de tão longe – e, ao mesmo tempo, tão perto.